OTTO Schenk

HELMUTH Lohner

LACHerfolge

Die besten Sketche aus fünf Jahrzehnten

ausgewählt von Otto Schenk & Helmuth Lohner

FECHTER MANAGEMENT & VERLAG GMBH

ISBN 3-9501339-6-8

Lacherfolge – Die besten Sketche aus fünf Jahrzehnten
Ausgewählt von Otto Schenk & Helmuth Lohner

Gestaltung & Lektorat: Dino Kunkel,
sputnik kommunikations.satellit

Umschlagfoto: Moritz Schell

Sieveringerstraße 194, 1190 Wien
Tel. +43-1-440 52 91-0, Fax +43-1-440 52 98
e-mail: office@fechter-management.com
www.fechter-management.com

Druck: Ueberreuter Print und Digimedia GmbH

Die hohe Schule der Pause oder Was Lustiges tun ist noch keine Kunst nicht

Die Herrn Schenk und Lohner haben Generationen von Publikum vor und nach mir geprägt.

Auch mich. Und Sie haben mir Respekt, man muss es zugeben, manchmal auch Angst vor der kleinen Form des »Leichten« eingeflößt, denn es gibt Dinge, die man nicht besser machen kann, vielleicht anders.

Wirkungsvolle und heitere Texte auszuwählen ist noch keine große Kunst. Dank großer Literaten und kleiner Meister gibt es einen unerschöpflichen Schatz von Texten, die sich eignen, Publikum zu unterhalten.

Aber Schenk und Lohner haben über viele Jahre das Publikum verwöhnt. Sie haben die Latte hoch gelegt, sehr hoch. Daran muß sich jeder messen lassen, der hierzulande leicht und spielerisch Komödiantisches spielt oder liest.

Am Text kann es nicht liegen. Es liegt an der Pause.

Am Atem, am Blick, am angedeuteten Seufzen, an der gerunzelten Stirn. Um eine richtig gesetzte Pause zu machen, muss man die »leichte« Vorlage ernst nehmen, lieben, mit ihr arbeiten, mit ihr spielen, sein schauspielerisches Handwerk achten und die Kunst, vor allem aber sein Publikum. Nichts ist schwerer als das Leichte. Das ist ein gern bemühter Allgemeinplatz. Für das, was Lohner und Schenk treiben, sind das ganz untaugliche Begriffe; sie bewegen sich jenseits solcher vermeintlich künstlerischen Gewichtstabellen.

Jeder kocht nur mit Wasser. Aber wenn man in ihre Suppe schaut, spiegeln sich im Sud, also im Fond, der Zirkusclown, aber auch der hohe Komödiant eines Edoardo de Filippo, aber eigentlich was ganz Eigenes.

Als Schauspieler habe ich tiefen Respekt. Als Publikum tiefe Dankbarkeit und Freude.

Tobias Moretti

Volks Zeitung

Elefantenkauf

Hugo Wiener

LACHerfolge 11

In einem Kaffeehaus sitzt der reiche Erbe Leibusch beim Frühstück und liest in der Zeitung. Ihm nähert sich sein Freund Stransky.

Leibusch: *Grüß' Sie, Herr Stransky.*

Stransky: *Guten Morgen, Herr Leibusch.*

Leibusch: Ich freu' mich, Sie wiederzusehen.

Stransky: *Ich freu' mich auch, Herr Leibusch. Ich war schon bei Ihnen im Geschäft. Sagen Sie Herr Leibusch, könnten Sie mir nicht 300,- Schilling borgen? Nur auf kurze Zeit, nur bis mein Bruder aus Spanien zurückkommt.*

Leibusch: Ja, und wann wird das sein?

Stransky: *Na, das ist unsicher. Vorläufig weiß er*

noch gar nicht, ob er hinfahrt. Sagen Sie nicht nein, Herr Leibusch. Schauen Sie, Sie haben doch Ihr ganzes Geld sowieso geerbt.

Leibusch: Ja eh, deswegen darf ich es nicht hergeben. Mein Geld ist ein Andenken an meinen Vater. (Beißt ins Nusskipferl.) Das ist steinhart, das kann man nicht hinunter würgen!

Stransky: *Ja, aber das Leben ist auch hart und Sie müssen es hinunter würgen. Er soll's Ihnen umtauschen gegen ein Mohnkipferl.*

Leibusch: Jetzt hab' ich's schon angebissen.

Stransky: *Er hat auch angebissene Mohnkipferl. Was aber unser erstes Gespräch anlangt, was ist mit den 300,- Schilling?*

Leibusch: Reden ma einmal nicht vom Geld, plaudern wir erst ein bißchen.

Stransky: Wir könnten auch über die 300,- plaudern.

Leibusch: Also ich kann Sie nicht verstehen. Warum nehmen Sie keinen Kleinkredit?

Stransky: Keinen was?

Leibusch: Keinen Kleinkredit. Haben Sie noch nichts von der Kleinkreditaktion gehört?

Stransky: Nein.

Leibusch: Nein? Also, lassen Sie sich erzählen. Jedem Österreicher werden bis zu 15.000,- Schilling kreditiert in bar ohne Bürgen, wenn er eine

Lohnbestätigung vorweisen kann.

Stransky: *Das kann ich. Die gibt ma mein Bruder. Und mit der Lohnbestätigung krieg' ich 15.000,- Schilling?*

Leibusch: Ja.

Stransky: *Meine Frau auch?*

Leibusch: Auch.

Stransky: *Mein Sohn auch?*

Leibusch: Ja, Sie müssen natürlich das geborgte Geld wieder zurückzahlen.

Stransky: *Ich hab' gewusst, da ist ein Haken dabei. Macht nichts, da wird mir schon noch*

	etwas einfallen, aber sagen Sie, wo krieg' ich die 15.000,- Schilling.
Leibusch:	Bei jeder Bank. Die Bank gibt Ihnen den Kredit.
Stransky:	*Aber wo nimmt die Bank das Geld her?*
Leibusch:	Na, die Bank holt den Kredit von der Regierung.
Stransky:	*Und die Regierung?*
Leibusch:	Die Regierung macht eine Anleihe im Ausland.
Stransky:	*15.000,-*
Leibusch:	15.000,- … 15 Milliarden Schilling.

Stransky:	*15 Milliarden Schilling, die könn' ma doch nie zurückzahlen.*
Leibusch.	Na, es ist ja nicht in bar. Wir geben es in Ware. Wir z.B. liefern Eisen nach Indien und Indien gibt uns dafür Reis, sagen wir 2 Millionen Tonnen Reis.
Stransky:	*2 Millionen Tonnen Reis. Was mach' ma mit soviel Reis? Reisfleisch könn' ma machen.*
Leibusch:	Aber wir behalten doch den Reis nicht. Wir geben ihn natürlich wieder weiter. Und zwar an eine Nation, die keinen Reis hat z.B. England.
Stransky:	*England hat keinen Reis?*
Leibusch:	Nein.

Stransky: *Da werden sich die Engländer doch freuen, wenn sie von uns soviel Reis bekommen.*

Leibusch: Natürlich werden sie sich freuen, aber die behalten den Reis auch nicht. Nein, die geben ihn wieder weiter z.B. nach Frankreich und kriegen von Frankreich Champagner.

Stransky: *Champagner soll' ma trinken, wenn ma nicht einmal Reis haben.*

Leibusch: Aber die Engländer trinken doch den Champagner nicht. Die geben ihn auch wieder weiter nach Amerika, USA.

Stransky: *Ich weiß, ich kenne das Land …*

Leibusch: … ja, und kriegen von dort Hafer.

Stransky:	*Die Engländer essen Hafer?*
Leibusch:	Die essen keinen Hafer, sie schicken den Hafer nach Argentinien und von dort kriegen sie Fleisch.
Stransky:	*Was für Fleisch?*
Leibusch:	Was für Fleisch? Naturschnitzeln.
Stransky:	*Wenn sie keinen Reis haben? Zum Naturschnitzel g'hört Reis.*
Leibusch:	Aber die Engländer essen doch die Naturschnitzel nicht.
Stransky:	*So heikel sind die?*
Leibusch:	Nein, die sind nicht heikel. Aber sie

brauchen andere Sachen notwendiger. Sie schicken die Naturschnitzel z.B. nach Japan und kriegen von dort Fotokameras. Die Fotokameras schicken die Engländer nach Holland und von Holland schicken die dann Käse und den Käse schicken die Engländer nach Österreich und die schicken den Käse nach Indien und von Indien kriegen wir das Eisen, das wir dorthin geschickt haben.

Stransky: *Das verstehe ich nicht.*

Leibusch: Natürlich verstehen Sie das nicht, das ist der Welthandel, das versteht kein Mensch.

Stransky: *Sagen Sie Herr Leibusch, Sie sind doch, wie man so hört, ein einigermaßen gescheiter Mensch.*

Leibusch: Na ja, schon, ja.

Stransky: Geben Sie mir einen Rat. Angenommen ich bekomm' den Kredit, möchte ich doch das Geld irgendwie anlegen.

Leibusch: Nun nichts leichter als das. Sie kennen doch meinen Schwager?

Stransky: Den Smetlak?

Leibusch: Ja, der hat einen kleinen Wanderzirkus gehabt, der eingegangen ist.

Stransky: Das tut mir aber leid.

Leibusch: Und jetzt löst er den Tierpark auf, da könnte ich ihnen einen äußert günstigsten Gelegenheitskauf

vermitteln. Einen Elefanten
um 10.000,-

Stransky: *Einen Elefanten. Was mach' ich mit einem Elefanten?*

Leibusch: Na, sind sie kein Tierliebhaber?

Stransky: *Doch, aber einen Elefanten…*

Leibusch: Na, ein Elefant ist genauso ein Haustier wie jedes andere. Wie ein Hund, eine Katze, oder einen Goldfisch.

Stransky: *Das schon, aber einen Elefanten kann ich doch nicht in ein Aquarium stecken. Wissen S', was so ein Elefant frisst?*

Leibusch: Was weiß ich, was der frisst. Fleisch.

Stransky: *Aber wie viel Fleisch? Soviel Naturschnitzel können mir die Engländer gar nicht schicken, dass der Elefant satt wird.*

Leibusch: Haben Sie eine Ahnung, wie süß so ein Elefant ist? Wann S' ihn streicheln, fährt er ihnen mit dem Rüssel übers Gesicht.

Stransky: *Na, und dafür soll ich 10.000,- zahlen?*

Leibusch: Jumbo heißt er.

Stransky: *Jumbo! Die meisten Elefanten heißen Jumbo, das mag ich nicht.*

Leibusch: Sie können ihn auch umtaufen … Poldi zum Beispiel.

Stransky: *Poldi! Da ist Jumbo ja noch besser!*

Leibusch: Schauen Sie sich doch das Tier einmal an. Er ist süß – und ein Gedächtnis hat er... Na, übrigens wie alle Elefanten.

Stransky: Ich kenne keinen persönlich.

Leibusch: Wie Sie ihn einmal schlecht behandeln, dann merkt er sich das ein Leben lang.

Stransky:. Das kann meine Frau auch. Da brauche ich keinen Jumbo dafür.

Leibusch: Und tanzen kann er auch.

Stransky: Wir sind Nichttänzer! Außerdem, wo soll ich den Elefanten hingeben. Wir haben eine Zwei-Zimmer Wohnung in einem Neubau; die Wände sind so dünn, wenn ich Herzklopfen hab', nimmt mein Nachbar

Baldrian. Stellen Sie sich vor, da fängt der Elefant noch zu tanzen an bei uns. Der geht mir nicht mal bei der Tür hinein.

Leibusch: Also, sagen Sie mir, Sie wollen den Elefanten um 10.000,- nicht?

Stransky:. Ich will ihn nicht, ich will ihn nicht.

Leibusch: Na gut. Jetzt sollen Sie sehen, was ich für ein Mensch bin.

Stransky: Ja?

Leibusch: Ich mache ihnen jetzt ein anderes Angebot. Herr Stransky, zwei Elefanten um 15.000,-

Stransky: Zwei Elefanten um 15.000,-? Das ist was anderes.

Herr Powondra

Hugo Wiener

LACHerfolge

27

An unserer Ecke gibt es einen Greißler (»Krämer«, wie man in Deutschland sagt), wie es viele gab, ehe sie von den Supermärkten verschlungen wurden. Sein Name ist Powondra.

Heute hat er sich modernisiert – er hat einen elektronischen Taschenrechner bekommen; und den probiert er bei seiner ersten Kundschaft aus.

Powondra: Also, Sie zahlen zwei Salatgurken, ein Packerl Kaffee und ein Kilo Äpfel. Ist das alles?

Haberl: Ja.

Powondra: Dann werden wir's gleich elektronisch zusammenrechnen.

Haberl: Was ist denn das?

Powondra: Ein Pocket-Rechner! Ein elektronischer Taschenrechner. Die Summe ist ersichtlich am Playback… und das mit Lichtgeschwindigkeit. Man muss mit der Zeit gehen. Ein Druck auf die Tasten – und die Rechnung ist fertig. Was haben wir g'habt?

Zwei Salatgurken machen 14, ein Kilo Äpfel sind 22,30 dreißig und ein Packerl Kaffee sind 27, macht zusammen 142.230 Schilling und 30 Groschen.

Haberl: *Das gibt's doch nicht. Da müssen Sie sich geirrt haben. Lassen S' schauen. Natürlich. Da müssen S' nach jedem Posten ein Pluszeichen machen.*

Powondra: Das werden wir gleich sehen. Wart',

das lösch' ma jetzt. OFF – das heißt aus. Jetzt muss ich wieder ON … das bedeutet an.

Zwei Salatgurken macht 14…

Haberl: *Plus!*

Powondra: Ja, ja … Ein Kilo Äpfel sind 22,30 …

Haberl: *Plus!*

Powondra: Ja! Und ein Packerl Kaffee sind 27.

Haberl: *Jetzt müssen S' die Gleichheitstaste drücken.*

Powondra: Das wollte ich ja, natürlich. Das brauchen Sie mir nicht zu sagen.

Wo ist die Gleichheitstaste?

Haberl: *Die da, mit den zwei Stricherln.*

Powondra: Aha! Sind zusammen… 842.940 Schilling und 30 Groschen.

Haberl: *Das ist ja jetzt noch mehr!* Da haben Sie sich geirrt!

Powondra: Geirrt, geirrt …, wenn Sie immer plus, plus sagen! Da muss man sich ja irren!

Haberl: *Regen S' Ihnen net auf, Herr Powondra. Zeigen Sie mir lieber, wo Sie gedrückt haben.*

Powondra: Da!

Haberl: *Das ist aber nicht das Pluszeichen, das ist das Malzeichen.*

Powondra: Pluszeichen, Malzeichen! Was Sie alles wissen.

Haberl: *Da braucht man nicht viel zu wissen. Das Pluszeichen ist da – und das ist das Malzeichen. Machen Sie's noch einmal.*

Powondra: Wenn man den Rechner aber so hält …

Haberl: *Man hält ihn aber so!*

Für zwei Salatgurken, ein Kilo Äpfel und ein Packerl Kaffee soll ich 842.940 Schilling und 30 Groschen zahlen!

Powondra: Das verlang' ich ja nicht!

Haberl: *Da krieg' ich ja schon eine Eigentumswohnung!*

Powondra: Reden S' doch nicht!

Haberl: *Probieren Sie's einmal mit was anderem. Sag' ma ich nehm' noch eine Flasche Retzer, zehn Deka von der Wiener Salami und 30 Deka Presswurst. Rechnen S' das zusammen.*

Powondra: Moment. Eine Flasche Retzer macht 49 Schilling, zehn Deka von der Wiener Salami sind neun Schilling 90, und 30 Deka Presswurst sind acht Schilling 40, das macht zusammen – 499.908 Schilling und 40 Groschen.

Haberl: *Das stimmt nicht! Weil Sie das Pluszeichen…*

Powondra: Sie mit Ihrem Pluszeichen! Bitte schön! Machen wir's noch einmal! In Ruhe! In Ruhe! Eine Flasche Retzer macht 49 Schilling …

Haberl: *Plus!*

Powondra: Plus … zehn Deka von der Wiener Salami sind neun Schilling 90 …

Haberl: *Plus!*

Powondra: Anspucken brauchen Sie mich nicht! … und 30 Deka Presswurst sind acht Schilling 40 … plus …

Haberl: *Jetzt dürfen S' nicht mehr Plus machen!*

Powondra: Ah, jetzt nicht … und früher ja! Das hab' ich schon gern, wenn jemand nicht weiß, was er will!

Haberl: Jetzt kommt ja kein neuer Posten dazu. Jetzt müssen S' die Gleichheitstaste drücken.

Powondra: Das kann ich ja noch immer… ist gleich …1879 Schilling und 40 Groschen.

Haberl: Das stimmt nicht.

Powondra: Das muss stimmen!

Haberl: Das kann nicht stimmen. Sie haben ja ein Plus zu viel gedrückt.

Powondra: Einmal zu viel, einmal zu wenig!

Haberl: *Schreien S' nicht mit mir, ich schrei' auch nicht.* Haben Sie keine Gebrauchsanweisung?

Powondra: Aber ja, da is' sie! Also lesen, lesen, lesen.

Haberl: *Na also, da werden wir's ja gleich haben: »Kalkulation mit einer Konstanten. Bei der Bedienung wird die unmittelbar vor dem Niederdrücken der Gleichheitstaste eingegebene Zahl zu einer Konstanten.« Was ist eine Konstante?*

Powondra: Was weiß denn ich? Bin ich der Einstein? Was ist eine Konstanze?

Haberl:	*Ich weiß es auch nicht. Ich weiß nur, dass ich für zwei Salatgurken, ein Kilo Äpfel und ein Packerl Kaffee keine 842.940 Schilling zahl'! Ich geh'! Ich kann ja im Supermarkt einkaufen.*
Powondra:	Gehen Sie, gehen Sie! Gehen S' in den Supermarkt, wenn's Ihnen bei mir zu teuer ist. Himmelfixtausend! (Wirft den elektronischen Taschenrechner mit aller Kraft auf den Steinboden, bückt sich, hebt ihn wieder auf und liest ab.) 67 Schilling und 30 Groschen. Was will er denn, funktioniert eh …

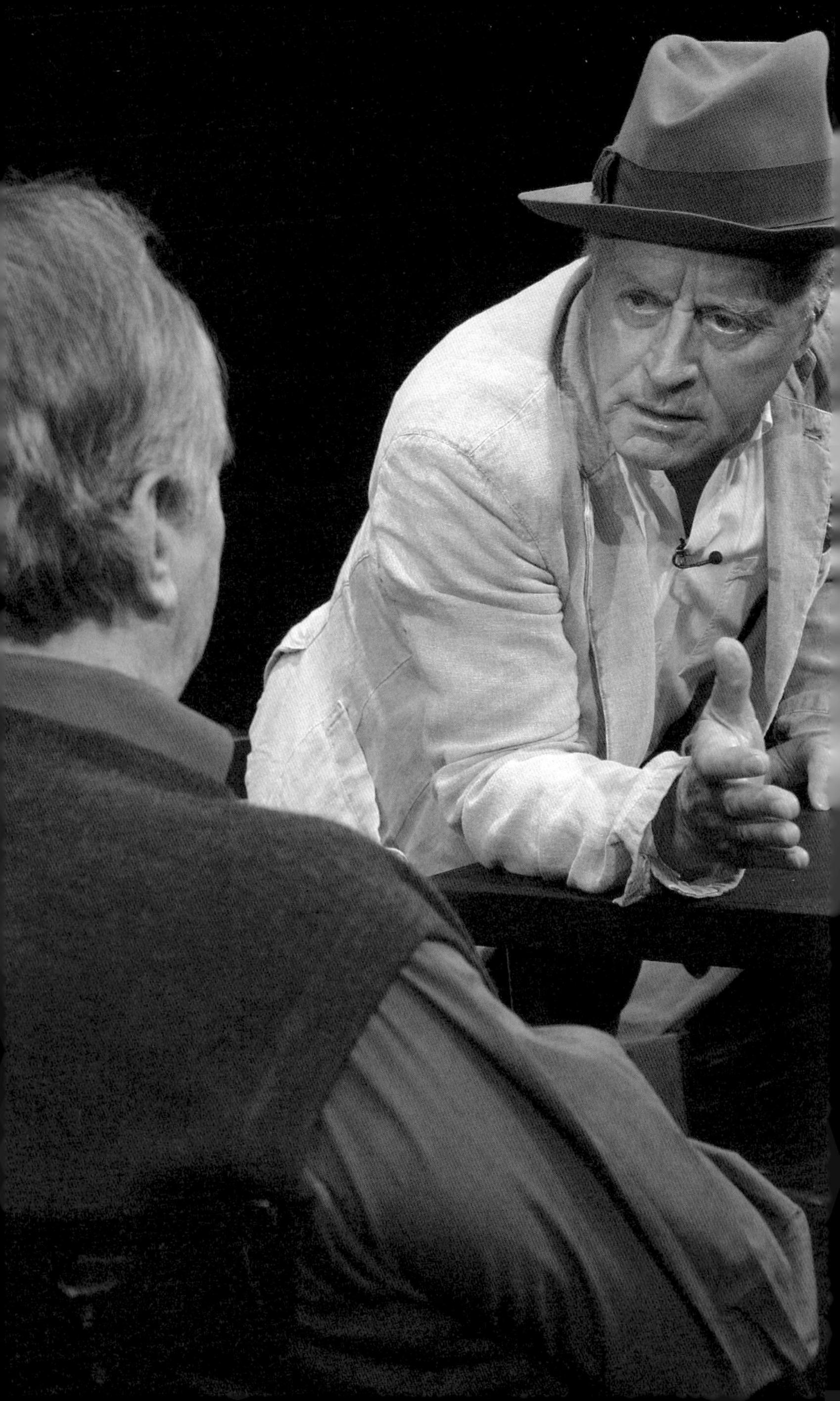

Mein Nachbar in Grinzing

Anton Kuh

Unverändert bleibt durch die Stürme der Zeit:

a) sein schwankendes Verhältnis zu den Weltanschauungen;

b) seine unstete Beziehung zum Hut.

Der Wechsel der beiden, ihre Verschlingung und Durchdringung, das abenteuerliche Widerspiel von Gläubigkeit, Hut in die Stirn, Hut nach rückwärts, Chauvinismus, Atheismus, Hut übers Ohr, als Tischnachbar mit anzusehen, ist ein immer aufregendes Erlebnis.

Sein Hut hängt am Hinterkopf.

»'oppla, 'tschuldigen, san net bös, was? Hier beim Wein, da gibt's nix, ka Religion, kan Volksstamm, a jeder muss ausweichen, na ja, wenn er leben will, muass er ausweichen... wer net ausweicht, muass er net leben...a Platz muass am Tisch sein... da gibt´s kan Finnländer, kan kaukasischen Bulgaren, kan slawistischen Romanesen, kein Polischen a net… San Sie romanisch?… Na ja, es is wurscht, was aner is und wer aner is, der Mensch muass an Mensch sein… an Mensch… Wer ka Mensch is, der weicht net aus…«

Du weichst aus. Er zieht den Hut nach ein paar hin- und herreibenden Bewegungen, als ob ihn sein Hirn unter seinem Dach kitzelte, augenschattend tief in die Stirn, fast über die Nasenwurzel:

„Aber a Votterland muass der Mensch haben, sonst is er a Hund. Wer ka Votterland hat… haben Sie a Votterland? I bin a Tattendorfer, mei Mutter war aus Mähren, sie war a Mährerin… I hab' an Heimatschein…i bin a geborener Siemundachtzger… Ergänzungsbezirkskommando B., Zwaundneunzger… Freiherr von Bugatti…

Battlonskommandant Freiherr von Badlara. Die Sieumundachtzger waren bei die Zweiundneunzger zuteilt…, die Zwarerkompanie bei die Vierundsiebzger…, transferiert zur Dreier-Landwehr…«

Er schiebt den Hut bis zur Stirnmitte, Atem holend zu weiterer Mathematik.

»…A alter Zwaundneunzger-Diener… Sie san a Neunundachtzger… elfter Jahrgang… bei die Sechsunddreißiger…? I bitt' schön, ich bin nämlich siebenundachtzig gebürtig… Die Siebenundachtziger waren alle Zwaundneunzger!«

Sein Hut, jetzt Tschako sitzt kerzengrad' auf dem Schädeldach:

»I hab' a Votterland… weil i a Mensch bin… a Hund hat sei Hütt'n, und der Mensch hat seinen

Ergänzungsbezirk... I kenn kan Unterschied, sterben müssen wir alle, is wahr, müssen wir alle sterben? Obst Jud' bist oder a Christ, oder a mohammedanischer Bosniak... Sie san a Mosaiker? 'tschuldigen, der Jud' is a Österreicher wie a jeder andere a... Wer an Gott glaubt hat, braucht ka Religion...«

Er drückt den Hut übers rechte Aug':

»... gebildeter Mensch? A Doktor, was? ...San S' studiert?... I hab' a ang'fangt studier'n... Ladein...geometrische Mineralie...Physikalik... Mademadik... botanische Philosophie... Sie san a Philisoph?... Na, gibt's an Herrgott... Seh'ngs, seh'ngs, nach die mechanischen Gesetze muass' an Herrgott geben, wann's kan Herrgott gibt, scheiß i a auf die propalogische Physik und den ladeinischen Krempel... i scheiß drauf... alles net wohr. Bitte sehr, mei Votter war a gebildeter Mensch, der hot g´lernt g´hobt, mei Votter wor bei die Eisenbahn… Staatsunterbeamter… hat er lernen müassen, hat g´lernt g´hobt Ladein… geometrische Mineralie… i scheiß drauf…«

Er wühlt mit seinem Hut im juckenden Haar:

»An Glauben muass der Mensch haben… einen Goodh, einen Glauben, eine Ehr'… Wo is mei Huat… wer keinen Glauben hat, hat a kan Huat… a jeder g'hört in sei Hütt'n, sonst is er ka Mensch… wer ka Mensch is, weicht net aus… Ausweichen… i geh aufs Häus'l.«

Das Bittgesuch

Julius von Kövary/Paul Gordon

LACHerfolge 47

Der große Dichter Hartleben (würdevoll, alles Pose) sitzt im Kaffeehaus. Ihm nähert sich ergeben Herr Reseda.

Reseda: *Meister… Verzeihung.*

Hartleben: *Sie wünschen?*

Reseda: Mein Name ist Reseda…

Hartleben: *Kommen Sie, um mir das zu sagen?*

Reseda: Nein. Ich bin a u c h Schriftsteller…

Hartleben: *Was soll ich dagegen tun?*

Reseda: Ich habe seit vierundzwanzig Stunden nichts gegessen…

Hartleben: *Das ist ungesund. Sie sollten sich zwingen.*

Reseda: Ich habe kein Geld…

Hartleben: Sie wollen eine Unterstützung? Bemühen Sie sich nicht – ich habe Verwandte, die darben.

Reseda: Soviel ich gehört habe, haben Meister Ihren Verwandten noch nichts gegeben…

Hartleben: Und da wollen S i e etwas? Das ist doch nicht logisch.

Reseda: Ich will kein Geld. Ich habe eine Bitte. Ich habe eine Familie zu erhalten. Frau, Schwiegermutter und drei Kinder. Ich arbeite seit einem Jahr an einem Drama…

Hartleben: Seit einem Jahr! Da beklagen Sie sich über Ihr Schicksal? Die heutige Zeit verlangt Tempo! Schauen Sie m i c h an. Zu meinem letzten Stück hatte ich in acht Tagen die Idee, in sechs Tagen das Gerippe, in vier Tagen war es geschrieben und in einer Stunde durchgefallen. Wovon leben Sie denn?

Reseda: Von Versprechungen.

Hartleben: Wer verspricht Ihnen etwas?

Reseda: Mir niemand. Ich verspreche den anderen. Wie lange sie mir vertrauen werden? Vorgestern habe ich meine letzte Habe verkauft – meinen Papagei. Drei Schilling hat man mir dafür gegeben…

Hartleben: Für einen Papagei? Konnte er nicht sprechen?

Reseda: O ja…

Hartleben:	*Warum hat man Ihnen dann so wenig gegeben?*
Reseda:	Er hat gelispelt. Die Sohlen von meinen Schuhen sind so dünn – wenn ich auf ein Geldstück trete, spüre ich, ob es Kopf oder Adler ist. Und wissen Sie, was ich mit meinen alten Rasierklingen mache?
Hartleben:	*Na?*
Reseda:	Ich rasier' mich damit.
Hartleben:	*Haben Sie keine reichen Verwandten?*
Reseda:	Einen Onkel. Ich habe ihm meine Notlage geschildert… habe ihm gesagt, dass ich wieder auf die Beine kommen werde…

Hartleben: *Und? Hat er Ihnen keinen Glauben geschenkt?*

Reseda: Glauben schon – aber sonst nichts.

Hartleben: *Weiters haben Sie niemanden?*

Reseda: Doch, eine sehr reiche Tante. Die hat uns immer unterstützt. Sie hat eine sehr lange Nase. Da ist sie wahnsinnig empfindlich. Eines Tage kam sie unerwartet zu Besuch. Wir waren vielleicht aufgeregt. Ich habe die Kinder gebeten, ja nicht auf die Nase zu starren. Ich habe extra betont: nicht niesen, nicht schauen, nicht in der Nase bohren und auch nicht schneuzen. Meine Frau war furchtbar aufgeregt. Dann kommt sie – vorsichtig – und als sie ihr den Tee einschenken will, sagt sie: liebe Tante, willst du Rum oder Milch in die Nase… na ja, wir haben sie seitdem nie mehr wieder gesehen

Hartleben: *Und was wollen Sie von mir?*

Reseda: Darf ich es sagen, Meister?

Hartleben: *Sprechen Sie. In Gottes Namen!*

Reseda: Einen Brief.

Hartleben: *Eine Empfehlung?*

Reseda: Ein Bittgesuch. Ein Schreiben, worin Sie in rührenden Worten meine Notlage schildern – aber so, als ob i c h es tun würde.

Hartleben:	*Das verstehe ich nicht. Warum soll i c h…*
Reseda:	Weil ich es nicht kann, Meister. Ich habe ein Drama geschrieben – das Publikum hat gelacht…
Hartleben:	*Die Leute wissen nicht, was sie wollen…*
Reseda:	Bei meinem Drama haben sie es gewusst. Das Geld wollten sie zurück. Sie, Meister, haben eine Art zu schreiben, die zu Herzen geht. Ich würde Ihren Brief in verschiedene Häuser tragen. Die Menschen würden weinen – und wer weint, gibt.
Hartleben:	*(Selbstgefällig:) Hm, da ist was dran; ich weiß die Menschen zu packen. Ein Kritiker hat einmal geschrieben, die*

Tränen, die bei meinen Dramen vergossen werden, könnten ein mittleres Bassin füllen. Die Aufgabe reizt mich… haben Sie Briefpapier bei sich?

Reseda: (Schnell einen Bogen Briefpapier aus der Tasche nehmend:) Jawohl… Ich habe eine Füllfeder. Ein Weihnachtsgeschenk von meinem Onkel. So soll ihm die Nase rinnen, wie mir die Füllfeder in der Tasche.

Hartleben: Setzen Sie sich hin und schreiben Sie.

Reseda: Bitte. (Setzt sich.)

Hartleben: (Überlegend:) »Geehrter Herr«… oder schreiben Sie lieber »Geehrter Gönner« oder »Verehrter Gönner«… das macht sich besser.

Reseda: (Schreibt:) »Verehrter Gönner...«

Hartleben: *(Diktiert:) »Mit von Tränen verschleierten Augen und zerrissenem Herzen wende ich mich an Sie...«*

Reseda: Wunderbar! (Schreibt.)

Hartleben: *»Seien Sie mir nicht gram – aber meine Verzweiflung kennt keine Grenzen mehr.«*

Reseda: Ausgezeichnet!

Hartleben: *»Ich heiße« – wie heißen Sie?*

Reseda: Alexander Reseda.

Hartleben: *Alexander ist schlecht. Zu reich... zu mächtig! Alexander der Große, Alexander von Humboldt, Alexander Girardi! Ich würde in meinen Stücken einen armen Teufel niemals Alexander nennen! Sie brauchen einen ärmlichen Namen.*

Reseda: Was ist ein ärmlicher Name?

Hartleben: *(Hat nachgedacht, plötzlich:) Josuah!*

Reseda: Josuah!

Hartleben: *Ja. Was muss ein Mensch, der Josuah heißt, nicht schon in der Schule alles gelitten haben! Josuah Reseda! Der Spott seiner Kameraden – der Sündenbock der Lehrer! Der Name verfolgt ihn! Kein Mädchen will mit ihm zu tun haben! Welche Frau hätte es gerne, in schwüler Liebesnacht »Josuah« zu flüstern?*

Josuah bleibt ein Ausgestoßener des Lebens! Josuah ist gut! Schreiben Sie: »Ich Heiße Josuah Reseda…«

Reseda: (Schreibt:) »Josuah Reseda…«

Hartleben: Sie sind Schriftsteller?

Reseda: Ja.

Hartleben: (Diktiert:) »Und ich bin Dichter.«

Reseda: (Schreibt:) »Dichter«

Hartleben: Wie haben Sie Ihre Jugend verbracht?

Reseda: Ruhig. Mein Vater war ein lärmempfindlicher Mensch. Bis zu meinem fünften Lebensjahr dachte ich,

ich heiße »Pssst«. Aber sonst ließen mir meine Eltern jede Freiheit – im Garten und auf der Straße.

Hartleben: *Schreiben Sie »geradezu geknebelt von meinem Vater, irrte ich, ausgesetzt von meinen Eltern, durch Gärten und Straßen.«*

Reseda: (Schreibt:) »…Straßen.«

Hartleben: *Ihre Eltern waren arm?*

Reseda: Reich. Mein Vater hat mir schon als Kind ein Reitpferd gekauft.

Hartleben: *(Diktiert:) »…und bin bei Pferdefleisch aufgewachsen.«*

Reseda: (Immer schreibend:) »…aufgewachsen.«

Hartleben: *Sie haben eine Frau?*

Reseda: Ja.

Hartleben: *Schreiben Sie: »Ich habe eine Frau,…«*

Reseda: (Mit wütendem Gesichtsausdruck:) »Ich habe eine Frau,…«

Hartleben: *»…die mir über alles geht.«*

Reseda: (Schreibt.) Sogar über die Brieftasche.

Hartleben: *»Sie ist meine Sonne.«*

Reseda: (Immer während er schreibt:) Das stimmt. Sie macht mir das Leben heiß.

Hartleben: *»Not und Entbehrung haben tiefe Furchen*

in ihr Gesicht gegraben.«

Reseda: Die Furchen hat sie immer gehabt.

Hartleben: Warum haben Sie sie dann geheiratet?

Reseda: Weil ich falsch informiert war. Es gibt nichts Enttäuschenderes, als wenn ein Mann aus Liebe heiratet und dann draufkommt, dass die Frau kein Geld hat.

Hartleben: Haben Sie Kinder?

Reseda: Ja.

Hartleben: Schreiben Sie: »Meine sieben Kinder…«

Reseda: Sieben? Ich hab' mit dreien genug.

Hartleben: *Das sind zu wenig.*

Reseda: Sie haben doch keine Ahnung, was das für Fratzen sind! Neulich kommt der Jüngste, ein sechsjähriger Lausbub, mit dem Zeugnis nach Hause – sagt er: »Bleib sitzen, Vater – ich bin's auch geblieben!«

Hartleben: *Hmm, schreiben Sie: »Meine sieben Kinder haben nichts zu essen.« Was fehlt Ihnen?*

Reseda: Nichts.

Hartleben: *Sie müssen etwas haben. Ist Ihnen nie etwas zugestoßen? Denken Sie nach!*

Reseda: Voriges Jahr! Mit einem Taxi. Ein blaues Aug' hab' ich davongetragen.

Hartleben: *Ein Unfall?*

Reseda: Kein Unfall. Ich hab' zum Chauffeur »Sie Trottel« gesagt.

Hartleben: *Warum!*

Reseda: Weil er zuviel verlangt hat.

Hartleben: *Haben Sie ihn bezahlt?*

Reseda: (Die Antwort vermeidend:) Ich kann mich nicht erinnern …

Hartleben: *Schreiben Sie: „Ich selbst habe bei einem Autounfall die Erinnerung verloren und beinahe mein Augenlicht eingebüßt.*

Reseda: (Schreibend.) Das ist sehr gut …

Hartleben: Wie wohnen Sie?

Reseda: Recht hübsch. Ich wohne mit meiner Familie in einem kleinen Schreberhäuschen am Bach. Klein aber mein.

Hartleben: Aha, neben einem Bach… schreiben Sie: »Jetzt wohne ich unmenschlich dicht gedrängt mit meiner Familie an einem Bach… nein… in einem feuchten Kellerloch.«

Reseda: Kellerloch ist sehr gut!

Hartleben: »Helfen Sie mir!« Mit… wie viel? Fünfhundert Schilling?

Reseda: Ja, ja.

Hartleben: *…mit fünfhundert Schilling kann ich mir eine Existenz als Vertreter aufbauen. Enttäuschen Sie mich nicht. Erhalten Sie sieben unschuldigen Würmern ihren Ernährer! Ich setze volles Vertrauen in Ihre bekannte Herzensgüte. In unsäglicher Dankbarkeit, Ihr Josuah Reseda.«*

Reseda: (Der beim Schreiben hie und da ein Wort wiederholt hat:) Fertig.

Hartleben: *Wollen Sie mir zeigen, was Sie geschrieben haben?*

Reseda: Bitte, Meister. (Reicht ihm den Brief.)

Hartleben: *(Liest:) »Verehrter Gönner! Mit von Tränen verschleierten Augen und zerrissenem Herzen wende ich mich an Sie.*

Seien Sie mir nicht gram – aber meine Verzweiflung kennt keine Grenzen mehr.«
(Liest, als ob er den Brief nie gehört hätte, mit immer wachsender Rührung.)

»Ich heiße Josuah Reseda und bin Dichter. Geradezu geknebelt von meinem Vater und ausgesetzt von meinen Eltern irrte ich durch Gärten und Straßen und bin bei Pferdefleisch aufgewachsen. Ich habe eine Frau, die mir über alles geht. Sie ist meine Sonne. Not und Entbehrung haben tiefe Furchen in ihr Antlitz gegraben.« (Beginnt zu weinen.)
Die Arme! (Liest weiter:) »Meine sieben Kinder haben nichts zu essen«

O Gott, o Gott, …

(Liest:) »Ich selbst habe durch einen Autounfall die Erinnerung verloren und beinahe das Augenlicht eingebüßt. Jetzt wohne ich unmenschlich dicht gedrängt mit meiner Familie in einem feuchten Kellerloch. Helfen Sie mir! Mit fünfhundert Schilling kann ich mir eine Existenz als Vertreter aufbauen. Enttäuschen Sie mich nicht. Erhalten Sie sieben unschuldigen Würmern ihren Ernährer! Ich setze volles Vertrauen in Ihre bekannte Herzensgüte. In unsäglicher Dankbarkeit, Ihr Josuah Reseda.«

Da haben Sie fünfhundert Schilling...
Es ist nicht zu glauben, wie viel Unglück es auf der Welt gibt.

fahrschule

Die Fahrstunde

Willy Pribil

Fahrschüler: Wissen Sie, Herr Fahrlehrer, die Theorie, die macht mich ja fertig, aber wenn ich einmal fahr'…

Fahrlehrer: Moment, Moment, zuerst muss ich Sie einmal mit dem Wagen ein bisschen vertraut machen. Also bitte, wie steigen Sie in den Wagen?

Fahrschüler: Na ja, ich steig' ein, nicht?

Fahrlehrer: Falsch, da sehe ich schwarz.

Fahrschüler: Na ja, ich sperr' auf.

Fahrlehrer: Falsch.

Fahrschüler: Mach' die Tür auf.

Fahrlehrer: *Falsch, da sehe ich schwarz.*

Fahrschüler: Ich such' den Schlüssel.

Fahrlehrer: *Falsch.*

Fahrschüler: Na wie besteige ich den Wagen?

Fahrlehrer: *Nüchtern!*

Fahrschüler: Oje, da sehe ich schwarz. Aber wenn i einmal fahr'…, ich mein', ich fahr' ja besser, wenn ich ein wenig…

Fahrlehrer: *Moment, Moment, kommen Sie her, sei'n Sie ruhig, ja. So etwas will ich nicht gehört haben. Also, wie steigen Sie ein?*

Fahrschüler: Na wie steig' ich ein?

Fahrlehrer: *Ich werde Ihnen das erklären. Sie heben den rechten Oberschenkel in 45° Grad…*

Fahrschüler: So?

Fahrlehrer: *…So ja. Gehen mit dem anderen Fuß in die Hocke…*

Fahrschüler: Kein Problem.

Fahrlehrer: *…Beugen den Kopf in der Höhe des zweiten Nackenwirbels…*

Fahrschüler: Ja.

Fahrlehrer: *…Ziehen die Schulterblätter zusammen…*

Fahrschüler: Na servas, herst'. Da schau' ich ja aus wie der Quasi Modo.

Fahrlehrer: …Und verlagern das Gewicht nach rechts.

Fahrschüler: So, wart', so.

Fahrlehrer: Na sind Sie wahnsinnig geworden?

Fahrschüler: Das ist ja kein Kurs. Oje, oje, da sehe ich schwarz.

Fahrlehrer: Steigen Sie ein.

Fahrschüler: Ja, gehen wir's an.

Fahrlehrer: Nicht hier, wo ist die Tür?

Fahrschüler: Bin schon drin, herst'.

Fahrlehrer: *Also, Frage: Was befindet sich im Handschuhfach?*

Fahrschüler: Handschuhe.

Fahrlehrer: *Schon falsch. A: Notverband.*

Fahrschüler: Nur a Notverband? Wenn ich blute wie eine…

Fahrlehrer: *B: Die Papiere. Welche?*

Fahrschüler: Die Notpapiere.

Fahrlehrer: *Falsch. Die Karten.*

Fahrschüler: Na ich spiel’ nicht während der Fahrt.

Fahrlehrer: *Aber.*

Fahrschüler: Ich spiel' nicht während der Fahrt! Beim Mischen bin ich schon im nächsten Baum.

Fahrlehrer: Aber, die Straßenkarten.

Fahrschüler: Ach so.

Fahrlehrer: Was kann noch im Handschuhfach sein?

Fahrschüler: Das weiß ich nicht.

Fahrlehrer: Die Handschuhe.

Fahrschüler: Na jetzt auf einmal, geh' hören Sie auf herst', wie können die Handschuhe…

Fahrlehrer: Lang' halt ich das nicht aus.

Fahrschüler: So.

Fahrlehrer: *Nennen Sie mir den § 1 der Straßenverkehrsordnung!*

Fahrschüler: Also. Jedes Fahrzeug …ja… hat den Lenker dermaßen im Auge zu behalten, dass derselbe jederzeit die Bremsen bei Gefahr im Kopf hat, oder so ähnlich…

Fahrlehrer: *Na da werden wir Jahre brauchen… Nehmen Sie an, da kommt eine Kreuzung, nehmen Sie an auf dieser Kreuzung…*

Fahrschüler: Ja.

Fahrlehrer: *… auf dieser Kreuzung…*

Fahrschüler: Ja.

Fahrlehrer: *…kommen von verschiedener Richtung, drei bevorrechtete Fahrzeuge, die Rettung, die Feuerwehr und…*

Fahrschüler: Ja.

Fahrlehrer: *…die Polizei. Wer hat den Vorrang?*

Fahrschüler: Der Schnellere.

Fahrlehrer: *Falsch, die Rettung, Sie Trottel. Und dann?*

Fahrschüler: Die Feuerwehr, Sie Trottel.

Fahrlehrer: *ABER!*

Fahrschüler: Gleich und gleich…

Fahrlehrer: *Was machen Sie,…*

Fahrschüler: Ja.

Fahrlehrer: *…wenn Sie plötzlich bemerken, dass Sie einen Vergaserbrand haben?*

Fahrschüler: Na ich lenke mein Fahrzeug an den Fahrbahnrand und steige aus…

Fahrlehrer: *Ja.*

Fahrschüler: …und renne wie der Teufel zurück zu dieser Ihrener Kreuzung, wo Ihrene drei bevorrechtigten Fahrzeuge noch immer warten und fisch' mir die Feuerwehr ausse. Schlecht?

Fahrlehrer: *Nehmen wir einmal an, Sie kommen auf eine weitere Kreuzung, was machen Sie wenn Sie bei einem Fußgängerübergang einmal zu spät gebremst haben und Sie kommen auf den Zebrastreifen zum stehen?*

Fahrschüler: Ich öffne alle Türen meines Fahrzeuges.

Fahrlehrer: *Ja.*

Fahrschüler: Damit die Passanten ungehindert durchgehen können.

Fahrlehrer: *Ja, Sie sind ein Witzbold. Sehen Sie die Dame, die da fährt?*

Fahrschüler: Ja, ich sehe sie.

Fahrlehrer: *Sie hat die linke Hand herausgestreckt, warum?*

Fahrschüler: Sie grüßt einen Bekannten.

Fahrlehrer: *Oje, wenn die Dame die linke Hand aus dem Fenster streckt, so heißt das?*

Fahrschüler: Sie will, dass der Nagellack trocknet.

Fahrlehrer: *Falsch.*

Fahrschüler: Sie droht einem Passanten. Sie will ihm eine schmieren.

Fahrlehrer: *Falsch.*

Fahrschüler: Sie schaut ob es regnet, vielleicht.

Fahrlehrer: Falsch.

Fahrschüler: Was weiss ich, was die Funsen will?

Fahrlehrer: Sie will links abbiegen.

Fahrschüler: Na Sie sind ein Tüftler, herst'.
Na wirklich, so eine schikanöse
Prüfung hab' ich schon gelernt.

*Fahrlehrer: Passen Sie einmal auf. Nennen Sie mir
§ 1 der Straßenverkehrsordnung.*

Fahrschüler: Also. Jedes Fahrzeug hat den
Lenker dermaßen im Auge zu
behalten, dass derselbe jederzeit
die Bremsen bei Gefahr im Kopf hat,

oder so ähnlich.

Fahrlehrer: *Da werden wir Jahre brauchen…*
Letzte Frage, eine Intelligenzfrage.

Fahrschüler: Einmal was ganz anderes.

Fahrlehrer: *Nehmen wir einmal an, angenommen Sie sind mit Ihrem Fahrzeug 100 km gefahren.*

Fahrschüler: Ja?

Fahrlehrer: *Plötzlich merken Sie, Sie haben Ihren Zündschlüssel zu Hause vergessen, was machen Sie?*

Fahrschüler: Den Zündschlüssel?

Fahrlehrer: *Den Zündschlüssel… Nach 100 km fahren.*

Fahrschüler: Ich blinke rechts, . . .

Fahrlehrer: *Ja?*

Fahrschüler: …dann lenke ich nach rechts
und fahre mit einem Blick
in den Rückspiegel, immer unter
Beobachtung des Vorbeifluters,
mit meinem Fahrzeug an den rechten
Fahrbahnrand.

Fahrlehrer: *Das ist sehr brav.*

Fahrschüler: Halte an, steige unter größter
Vorsicht aus,…

Fahrlehrer: *Ja, ausgezeichnet.*

Fahrschüler: …indem ich vorbei fahrende Fahrzeuge nicht zu behindern drohe, gehe unter äußerster Aufmerksamkeit, an das Heck meines Fahrzeuges und schaue nach, welcher Trottel mich 100 km weit geschoben hat.

fahrschule
NON STOP

Der größte Feind der Menschheit

Stefan Lukschy/Otto Schenk

LACHerfolge 87

Es gibt sehr viele Wohltätigkeitsvereine, Frauenvereine, etc. sprich Menschen, die freiwillig und sehr engagiert gegen Laster aller Art ankämpfen.

Sie alle haben das gemeinsame Ziel, diese Suchtmittel zu bekämpfen, egal ob es sich um Tabak, Alkohol oder ähnliches handelt.

Jetzt gibt es auch einen Verein zur Bekämpfung des Volksfeindes Nr. 1, dem Alkohol. Wir haben Herrn Universitätsprofessor Dozent Dr. Heribert Weinstein, den engagierten Präsidenten der internationalen Anti-Alkoholiker eingeladen, ein unermüdlicher Aufklärer, der nun – vor Ihren Augen – vorführen wird, wie sich der Alkohol auf uns auswirkt. Wir müssen ihm an dieser Stelle sehr dankbar sein. Hochverehrtes Publikum, ich darf Sie nun um Ihren Applaus bitten. Bitte sehr, Herr Professor!

(Professor tritt ans Rednerpult.)

Meine sehr verehrten Damen und Herren, unter allen Feinden der Menschheit...

Bravo!

...gibt es einen, der vielleicht der tückischste ist, weil er seine Opfer hinterrücks erwischt, weil seine Opfer eine Unzahl von unschuldigen Menschen sind, weil er Verführer aus der Erde stampfen läßt...

Sehr gut, sehr gut!

...weil er auch... ich möchte gleich zum Beginn meines Vortrages kommen. Liebe »Feinde des Alkohols«! Kennen wir diesen Feind der Menschheit so genau, wir »Feinde des Alkohols«? Wissen wir, wie dieses Gift den Körper bis in die letzten Fasern zersetzt, schauen wir ihm ins Auge täglich, wir »„Feinde des Alkohols«? Nein, wir haben keine Ahnung.

Und darum hab' ich mich zu einem Experiment entschlossen! Ich will hier… obwohl ich davor gewarnt wurde… obwohl dieses Experiment nicht ungefährlich ist… habe ich mich zu diesem Experiment entschlossen (greift zu Vodkaflasche und Glas) und möchte Ihnen die langsame oder auch schnelle Wirkung dieses Giftes vor Augen führen, am eigenen, unschuldigen, jungfräulichen Körper! (Schenkt ein, trinkt ein Glas.)

Applaus.

Meine …ssss… (schenkt ein, trinkt ein Glas) sehr geehrten Damen und Herren, der Alkohol, es handelt sich hier um Vodka Stolichnaya, der Alkohol wirkt erstaunlich… (Trinkt noch ein Glas.)

Da fällt mir ein kleiner Scherz ein… Der Breschnew… nein ein Schwimmer, ein Nichtschwimmer und ein Antialkoholiker sitzen in einem… (Lacht.) Ein guter Witz… sitzen in einem Nichtraucherabteil zusammen… wie's weiter geht, weiß ich im Moment nicht… (Trinkt noch ein Glas.) Ich hole anders ein, ich lasse einen anderen Witz fahren… (Trinkt ein Glas.) Der Breschnew und der Chruschtschow (ttrinkt noch ein Glas) sitzen zusammen mit einem Nichtschwimmer… irgendwie habe ich da zwei verwechselt….

Kommen wir in den Kern des Punktes zusammen… Schon Goethe, der Johann Wolfgard hat mit seinem… gegen den Alkohol… mit der Faust, ein Faust (schlägt mit der Faust auf das Pult), zwei

Fäuste hat er geschrieben… den ersten Faust… hat er auf den Tisch gehauen… Schiller! Sein Busen, der Busen des Goethe hieß Schiller, er hat gesagt… und ich weiß es noch… er hat alles an eine Glocke… (trinkt noch ein Glas) eine große Glocke gehangen, und wie heißt es… wie sagte schon Julian Cäsar… sagte schon, die besten Ideen habe ich im März gehabt… religiös…

Ja der Stolichnaya… ja der Breschnev… geht im Bademantel… in ein Nichtraucher… ich sage Ihnen eines… der Luther hat gesagt: Hier steht er und ich kann nicht anders… und danach sag' ich… (Trinkt noch ein Glas.) Eins sag' ich Euch… schlecht ist das nicht… das könnte eine Art Hobby… Hobbydobbydobby… Krüg'l auffe, Krüg'l ob, dann eine ins Mäul… so sagt schon mein alter Schuster… (Trinkt noch ein Glas.)

Der Schuster Böhme… ein alter Böhme… ein Freund… ich sage eines, meine Damen und Herren… und damit möchte ich diese Flasche… Flaschen, das seids Ihr alle… Flaschen, jede Flasche hat ein Loch… Ihr Löcher… (Trinkt aus der Flasche.)

Ich bin ein anderer Mensch, das kann ich Ihnen sagen… es wird… (Singt:) Es wird ein Wein sein und werden nimmer sein… jetzt habe ich zwei Flaschen… nein, und vier Gläser… (Singt laut:) Ich bin a stiller Zecher und sing' die ganze Nacht!

Der Transport

Ernst Hagen

LACHerfolge 95

Ein Mann betritt den Frachtenbahnhof und nähert sich dem Schalter für Sondertransporte.

Hechler: *Guten Tag*

Beamter: *Moment (stempelt) bitte!*

Hechler: Guten Tag.

Beamter: *Was gibt's?*

Hechler: Bitte, ich möchte eine Auskunft.

Beamter: *In der Bahnhofshalle Schalter III.*

Hechler: Bitte, es handelt sich um ein Frachtgut.

Beamter: *(Gibt ihm ein Formular.) Bitte ausfüllen und mit dem Frachtgut zur Abwaage herkommen.*

Hechler: Oje, na ja. Zur Abwaage. Auch bei Tieren?

Beamter: *Wieso?*

Hechler: Frage: Übernehmen Sie auch Tiertransporte?

Beamter: *Warum denn nicht, mein lieber Herr, wir übernehmen jedwede Tiertransporte – sei's ein Hund, Katzen, Kleintiere, Rennpferde, Rind, Zuchtstiere, etc. Um was handelt es sich?*

Hechler: Um den Hansi. Er soll in die Steiermark, Roseggers Waldheimat, in die Höhe halt, wegen der frischen Luft. Ich habe ihn gewonnen bei einer Tiertombola.

Beamter: Wir haben eigene genormte Käfige, wo sich die Tiere sehr wohl fühlen, zumindest hab' ich seitens der Tiere noch keinerlei Klagen laut werden hören.

Hechler: Käfig wird schwer sein, beim Hansi.

Beamter: So nehmen's ihn auf den Schoß in einem durchlöcherten Karton.

Hechler: Den Hansi! Na servas.

Beamter: Was is denn das für ein Vogel, ihr ominöser Hansi?

Hechler: Ein Vogel ist der Hansi im eigentlichen Sinne nicht. Wollen Sie ihn sehen?

Beamter: Wo ist er denn?

Hechler: Vor der Tür steht er.

(Beamter geht mit Hechler oder ans Fenster. Gesichter groß von unten nach oben langsam emporschauend; in Giraffenkopfhöhe bleibt der Blick der beiden ausdruckslos verharrend.)

Beamter: (Hinauf schauend, leise:) Das ist der Hansi?

Hechler: Ja, das ist der Hansi.

Beamter: Ein Giraff'? Der kommt Ihnen aber net billig, der Transport. Er braucht einen Waggon. Was wiegt er denn?

Hechler: Er hat ein normales Giraffengewicht.

Beamter: Hm, glauben S' er steigt uns auf eine Waage?

Hechler: Wenn's ihn freut, tut er vieles. Brav sein, schön brav Platz, Hansi!

Beamter: (Sucht in den Akten:) Pferdetransporte, Rinderwaggons, Raubtierwaggons.

Hechler: Der Hansi ist kein Raubtier. Er frißt mir aus der Hand. Wenn ich eine Leiter mit hab'…

Beamter: (Nachdenkend:) In den 17A-Typ kriegen wir ihn vielleicht hinein. Aber nur schräg. Wie schläft er denn?

Hechler: Gut, sehr gut!

Beamter: *Was heißt gut? Stehend oder liegend?*

Hechler: Schon stehend.

Beamter: *Oje... Ich hab's. Ein 28er Tieflader, der offene, der ist ideal für Giraffentiere.*

Hechler: Der offene?

Beamter: *Freilich. Der 28er Tieflader. Bitte die Formulare ausfüllen, in dreifacher Ausführung.*

Hechler: (Nimmt die Formulare. Plötzlich:) Halt!

Beamter: *Was gibt´s denn?*

Hechler: Die Tunnel! Der Hansi, wenn er bei den Tunneln nicht aufpaßt. Ich darf gar nicht daran denken.

Beamter: *Sie haben recht, da kann ja der ganze Zug hängen bleiben.*

Da gibt's nur eins. Sie fahren mit.
Ein weiches Zaumzeug, ein Strick
um den Hals vom Hansi und bei
jedem Tunnel, es wird ja bekanntlich
durch einen Pfeifton vorher angekündigt,
ziehen Sie den Kopf des Hansis an
sich und lassen denselben bei Verlassen
des Tunnels in die natürliche Lage
zurückschnalzen.

Hechler: Der Hansi wird a Freud haben.
Im offenen Wagen, wenn er sich
verkühlt. Eine Halsentzündung.
Bis die auskuriert ist, bei dem Hals.

Beamter:	*Müssen's halt ihren Hansi warm anziehen und seinen Hals in einem warmen Schal einwickeln.*
Hechler:	(Gibt die Formulare zurück.) Also, auf Wiedersehen in sechs Wochen
Beamter:	*Wie, in sechs Wochen?*
Hechler:	Na ja, so lange braucht die Anna-Tante mindestens, bis sie dem Hansi den Schal gestrickt hat.

Auf den Flügeln des Gesanges

Paul Kiralyhegyi/Georg Kövary

LACHerfolge 105

Spielt im Unterrichtszimmer des Gesangsprofessors. Der Professor, ein typischer Kammersänger, singt sich ein. Es klopft an der Tür.

Professor: *Wer hält Sie zurück?*

Schüler: (Tritt ein. Er ist sehr schüchtern.) Habe ich das Vergnügen mit Herrn Kammersänger persönlich?

Professor: *Sie haben es.*

Schüler: Maestro! (Will ihm die Hand küssen.)

Professor: *Ich mag das nicht, lassen Sie die Förmlichkeiten!*

Schüler: Ich möchte bei Ihnen Gesangsunterricht nehmen, Maestro.

Professor:	*Haben Sie Stimme?*
Schüler:	Man sagt, Herr Professor, man sagt. Wenn Herr Professor gestatten, werde ich Herrn Professor etwas vorsingen.
Professor:	*Das habe ich befürchtet.*
Schüler:	Der Lenz von Hildach. (Macht eine linkische Verbeugung und annonciert:) Der Lenz von Hildach. (Singt:) Die Finken schlagen – der Lenz ist da…
Professor:	*Halt! Kennen Sie meine Methode?*
Schüler:	Ich habe leider nicht das Vergnügen. (Mit Verbeugung:) Der Lenz von Hildach. (Singt:) Die Finken schlagen – der Lenz ist da …

Professor: *Ruhe! Vor allem merken Sie sich, dass ich jedes Stimmorgan als ein eigenes Instrument betrachte. Haben Sie mich verstanden?*

Schüler: Jawohl, Herr Professor.

Professor: *(Schreit:) Einen Schmarren haben Sie mich verstanden! Jeder sagt, er hat mich verstanden, und dann hat er mich NICHT verstanden! Singen Sie!*

Schüler: (Verschüchtert:) Bitte, Herr Professor! (Verbeugt sich). Der Hild von Lenzach. (Singt:) Die Schinken flagen – der Lenz ist da…

Professor: *(Hält sich die Ohren zu.) Aufhören! Stellen Sie sich hierher zum Licht! (Zieht ihn hin.) So! Jetzt machen Sie den Mund auf!*

Schüler: (Öffnet den Mund.)

Professor: *(Drohend:) So machen Sie den Mund auf? So macht man einen Schrank auf oder ein Geschäft! Kugelrund müssen Sie ihn aufmachen! So! (Spitzt komisch den Mund, Schüler versucht es nachzumachen.) SO! Und jetzt singen Sie!*

Schüler: (Deutet verzweifelt, dass es so nicht möglich ist.)

Professor: *(Drohend.) Singen Sie!*

Schüler: (Unglücklich, mit gespitztem Mund, singt:) Die Schlager lenzen, der Fink ist da…

Professor: *Sie singen ja aus dem Hals.*

Schüler:	Allerdings. Wo heraus soll ich denn singen?
Professor:	*Das fragen Sie noch? Haben Sie denn immer aus dem* Hals gesungen?
Schüler:	Immer, Herr Professor! (Weint:) Schon seit meiner frühesten Kindheit.
Professor:	*Weinen Sie nicht – es ist ja nicht Ihre Schuld. Passen Sie auf. Ein anständiger Sänger singt nicht aus dem Hals, sondern vertieft seine Stimme in die Lunge. (Zeigt den Bauch.)*
Schüler:	Das ist die Lunge? Aha! Und aus der Lunge heraus singt er dann.
Professor:	*Nein! Er vertieft seine Stimme bloß in die*

Lunge, schickt sie aber von dort sofort in die Nase.

Schüler: (Entsetzt:) In die Nase?

Professor: Jawohl. Und von dort?

Schüler: Von dort?

Professor: (Drohend:) Na? Wohin schickt er seine Stimme von dort?

Schüler: (Ratend:) Ins Taschentuch!

Professor: Nein! Von dort schickt er sie in die Luft! Der Sänger singt also mit der Lunge und mit der eustachischen Röhre.

Schüler: Womit?

Professor: *Mit der eustachischen Röhre.*

Schüler: (Verschämt): Aber, Herr Professor…

Professor: *Sie scheinen nicht zu wissen, was die eustachische Röhre ist.*

Schüler: Doch, das Pfui Deigsi…

Professor: *Blödsinn! Die eustachische Röhre ist jene Röhre, die die Ohrengänge mit den Nasengängen verbindet.*

Schüler: Ach so.

Professor: *Wenn Sie also zum Beispiel einen hohen Ton singen, müssen Sie die Zungenspitze in die Kehle drücken, wodurch der Magen einen resonierenden Hohlraum bildet…*

Schüler: Aha. (Will singen:) Die Fin…

Professor: *Kusch! Wenn Sie einen tiefen Ton singen, dann lassen Sie die Zunge nach vorne rutschen und schließen die Augen. (Streng:) Warum schließen Sie die Augen?*

Schüler: Damit ich nicht sehe, wie der Ton auf das Publikum wirkt.

Professor: *Falsch! Sie schließen die Augen, damit Sie den Mund weiter aufmachen können! Damit Sie mit der Haut auskommen! Also, machen Sie den Mund auf!*

Schüler: (Öffnet den Mund.)

Professor: So! Und jetzt lassen Sie die Stimmbänder vibrieren.

Schüler: (Schaut ihn mit offenem Mund hilflos an.)

Professor: *(Wütend:) Haben Sie mich nicht verstanden? Sie sollen mit den Stimmbändern vibrieren!*

Schüler: (Denkt nach, macht dann mit dem ganzen Körper schlangenartige Bewegungen.)

Professor: *Nicht mit den Schuhbändern, mit den Stimmbändern!*

Schüler: Ich weiß nicht, wo die Stimmbänder sind. Habe ich mir gedacht, wenn ich mit dem ganzen Körper vibriere, werden die Stimmbänder mitvibrieren …

Professor: *(Verächtlich:) Wurm! Singen Sie einen Schlager. Kennen Sie »Wenn ich einmal reich* wär«?

Schüler: Jawohl, Herr Professor. (Verbeugt sich, annonciert:) »Wenn ich einmal reich wär, widiwidiwidiwidiwum…«

Professor: *Halt! Ich werde Ihnen die Sache erleichtern. Versuchen Sie einmal alle Vokale auf »a« zu singen.*

Schüler: (Singt:) »Wann ach anmal rach war, wadawadawadawadawam…«

Professor: *So geht es auch nicht! Versuchen Sie es mit »u«!*

Schüler: (Weinerlich:) »Wunn uch unmul ruch wur, wuduwuduwuduwuduwum…«

Professor: *Halt! Sie haben einen zu engen Kragen! Der Sänger muss frei sein!*

(Reißt ihm den Kragen auf.) Singen Sie auf »o«!

Schüler: (Verzweifelt:) »Wonn och onmol roch wor, wodowodowodowodowom…«

Professor: *(Steckt ihm den Finger in den Mund, bis zum Hals.) Falsch! Jetzt ist Ihnen die Stimme in die Kehle gerutscht!*

Schüler: (Greift erschreckt nach der Kehle.)

Professor: *Zeigen Sie mir Ihr Zäpfchen. (Reißt ihm grob den Mund auf.) Sie müssen das Gaumensegel blähen! Blähen Sie! Blähen Sie! Nein, Sie blähen falsch! Kein Wunder, ist ja alles zu eng! Alles aufmachen! (Reißt ihm die Weste auf, zieht ihm das Hemd aus der Hose.) Singen Sie auf »ei«!*

Schüler: (Bereits ganz derangiert, singt weinend:) »Wein eich einmal reich weir, weideiweideiweidiweideiweim…«

Professor: *Auf »au«!*

Schüler: »Waun auch aunmaul rauch waur, waudauwaudau…«

Professor: *(Unterbricht ihn, schreit:) Falsch! Sie ruinieren ja den Resonanzraum! Der ist das Wichtigste beim Singen. Am besten ist es, Sei verwenden den Kopf als Resonanzraum. Geben Sie die Zunge heraus! Ich brauche Ihre Zunge! (Nimmt ein Taschentuch und faßt die Zunge des Schülers.) So! Und jetzt singen Sie!*

Schüler: (Röchelt.)

Professor: *Sie sollen singen – nicht krächzen!*

Schüler: (Deutet ihm, dass es nicht möglich ist.)

Professor: *Singen Sie! Wehe, wenn Sie ersticken!*
Singen Sie!

Schüler: (Schnappt nach Luft.)

Professor: *Singen Sie!*

Schüler: (Stirbt.)

Professor: *(Schaut ihn an, dann bedauernd:) Schade!*
Gerade jetzt hätte er so schöne
Fortschritte gemacht!
(Ruft hinaus:) Der Nächste, bitte!

Der Dank

Franz Hohler

A: So, da wären wir.

B: Ich danke schön. Das war jetzt wirklich nett von Ihnen, dass Sie mich nach Hause gebracht haben.

A: Aber bitte, das ist nicht der Rede wert.

B: Doch, doch. Schließlich war es ein Umweg für Sie.

A: Mit dem Auto ist es ein Katzensprung.

B: Ja, ja. Aber man muss ihn machen. Vielen Dank, ich hoffe, ich kann mich einmal revanchieren.

A: Nicht nötig. Manchmal fahre ich diesen Weg, zu mir nach Hause, auch wenn ich niemanden bei mir habe.

B: *Dann bin ich beruhigt.*

A: Sehen Sie.

B: *Dann ist es ja gar kein eigentlicher Umweg für Sie.*

A: Nicht direkt.

B: *Ach dann, dann ist es ja wirklich eine Kleinigkeit.*

A: Sicher.

B: *Es ist, wie Sie schon zu Beginn gesagt haben, nicht der Rede wert.*

A: Ja-ah.

B: *Man sollte aus einer solchen Mücke keinen Elefanten machen.*

A: Gewiss.

B: *Eigentlich ist es geradezu lächerlich, mit welcher Inbrunst ich mich für so eine Lappalie bedankt habe.*

A: Immerhin habe ich Sie nach Hause gebracht, wieso sollten Sie sich da nicht bedanken?

B: *Ja, aber für Sie war es ja gar kein Umweg, es kam Ihnen also aufs Gleiche heraus.*

A: Trotzdem, sonst hätten Sie zu Fuß gehen müssen.

B: *Was? Sie hätten mich zu Fuß gehen lassen?*

A: Nein, eben nicht, deshalb fand ich auch Ihren Dank nicht unangebracht.

B: *Wieso haben Sie ihn dann von sich gewiesen?*

A: Das hab' ich doch nicht.

B: *Doch, Sie haben gesagt, das sei nicht der Rede wert.*

A: Ach, das sagt man so.

B: *Sie haben meinen Dank richtiggehend torpediert.*

A: Ach wo, ich habe nur meine Geste des Heimbringens etwas heruntergespielt.

B: *Sie haben sie als das deklariert, was sie wirklich war, nämlich eine lächerliche Selbstverständlichkeit, ein Null und Nichts.*

A: So? Das finde ich aber allerhand.

B: *Ich bedaure es, dass ich mich für diesen läppischen Katzensprung bedankt habe, ich werde das in Zukunft nicht mehr tun.*

A: In Zukunft werde ich Sie auch nicht mehr nach Hause bringen.

B: *Soso?*

A: Jaja!

B: *Jaja.*

A: Soso. Mehr noch, ich werde Sie nicht aus dem Auto lassen, bis Sie sich bedankt haben.

B: Ich habe mich ja bedankt.

A: Aber Sie haben Ihren Dank wieder zurückgenommen.

B: Sie haben mich dazu angestichelt durch Ihre bagatellisierenden Bemerkungen.

A: Bedanken Sie sich!

B: Ich denke nicht daran.

A: Bedanken Sie sich!

B: Nein!

A: Bedanken Sie sich!

B: Nein!

A: (Würgt ihn.) Und jetzt?

B: Ich danke Ihnen, dass Sie mich nach Hause gebracht haben.

A: Aber bitte, das ist nicht der Rede wert.

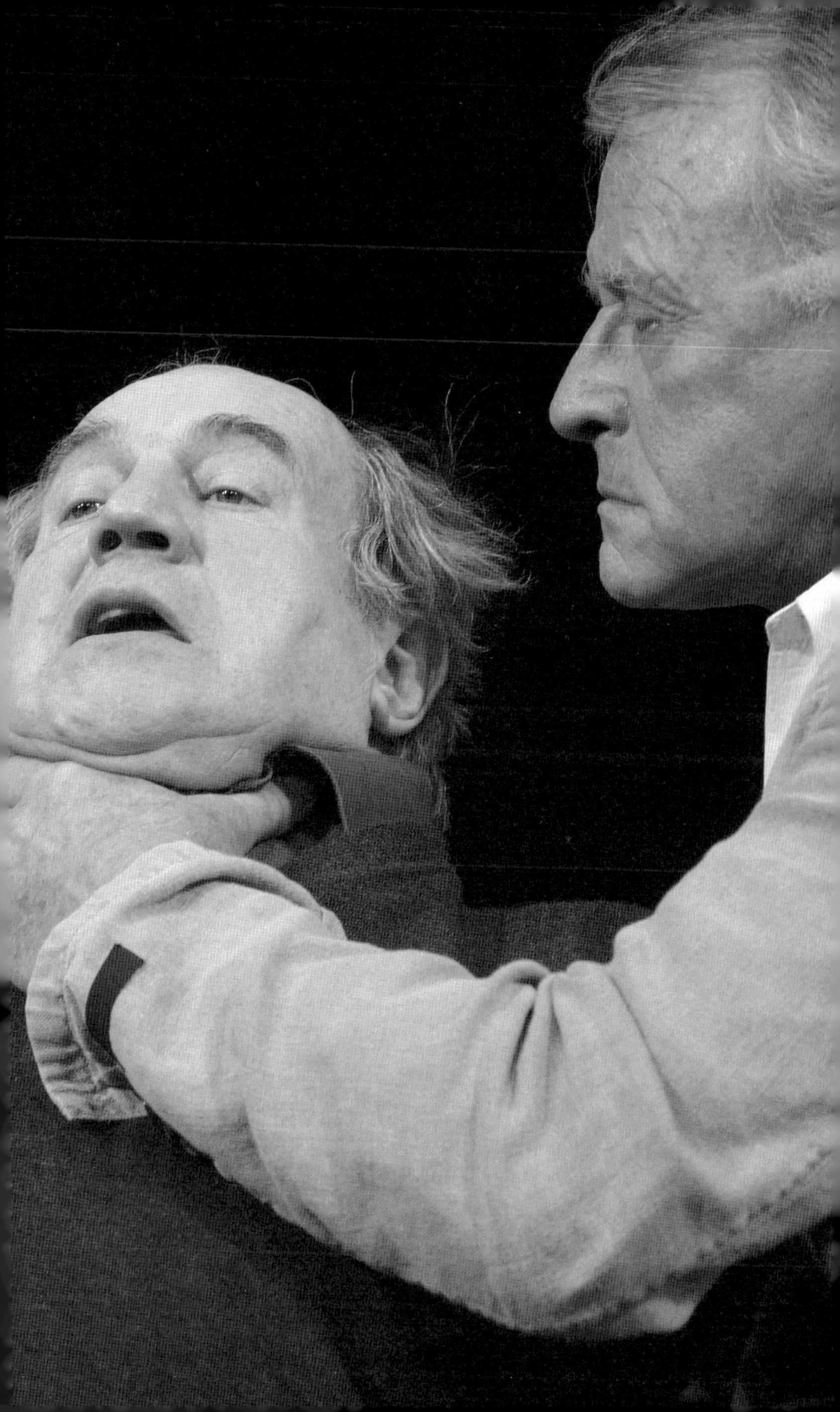

Gespielte Witze

Otto Schenk

LACHerfolge

131

Der Löwe

Noch einmal erzählt einer: »Neulich bin gegangen in der Wüste. Auf einmal hinter mir ein Löwe. Ich renn' weg, der Löwe rutscht aus. Ich gewinn' ein paar Meter. Der Löwe rutscht aus. Ich renn', ich spür' schon seinen heißen Atem. Er holt aus mit der Pranke, rutscht aus, ich komm' zu einer Palme, der Löwe rutscht aus, ich kletter' auf die Palme und bin gerettet.«

Der andere atemlos zuhörend: »Entschuldige, wenn mir das passiert, ich schwör' dir, ich scheiß' mich an von unten bis oben.«

Darauf der eine: »Auf was, glaubst du, ist der Löwe ausgerutscht?«

Wovon lebst Du?

»Wovon lebst du?«

»Ich tu' Fenster vermieten.«

»Fenster vermieten, was ist das?«

»No, wann ist zum Beispiel eine Parade, eine Krönung, eine Inthronisation von einem Bischof, ein Massenturnen, tu' ich meine Fenster vermieten, und die Leute kommen und schauen.«

»Na, wo wohnst du denn?«

»In der kleinen Schiffsgasse.«

»No sei mir nicht bös', wann ist in der Kleinen Schiffsgasse eine Parade, eine Krönung, eine Inthronisation von einem Bischof oder ein Massenturnen?«

»Na kannst dir vorstellen, wie ich leb'.«

Der Prall

»Wovon lebt dein Sohn?«

»Mein Sohn ist ein Dichter.«

»Was ist ein Dichter?«

»Ein Dichter macht Verse.«

»Was ist ein Vers?«

»Zum Beispiel: Die Kuh steht im Stall,

und ich lass an Prall.«

»Und davon lebt dein Sohn?«

Über Otto Schenk

Otto Schenk wurde am 12. Juni 1930 in Wien geboren.

Seine Bilderbuchkarriere begann nach dem Studium am Max-Reinhardt-Seminar mit einem Engagement am Wiener Volkstheater und am Theater in der Josefstadt. 1953 inszenierte er erste Aufführungen an Wiener Kellertheatern, 1957 folgte sein Debüt als Opernregisseur am Salzburger Landestheater mit Mozarts »Zauberflöte«. Der Durchbruch kam 1962 mit der Inszenierung von Alban Bergs »Lulu« an der Wiener Staatsoper. Weitere Erfolge an der Staatsoper feierte Schenk vor allem mit Bizets »Carmen« (1966), Wagners »Tannhäuser« (1982), Kreneks »Karl V.«(1984) und Beethovens »Fidelio« (1970), der heute noch auf dem Spielplan des Hauses am Ring steht.

Bei den Salzburger Festspielen inszenierte er die »Zauberflöte« und die Uraufführung von Cerhas

»Baal« (1981), in Bregenz brachte er 1983 Webers »Freischütz« auf die Seebühne. Ab 1966 war Otto Schenk als ständiger Regisseur und zeitweise als Oberspielleiter der Wiener Staatsoper tätig.

An der New Yorker Metropolitan Opera in New York debütierte er 1970 mit »Fidelio«, 1978 inszenierte er dort Richard Wagners »Tannhäuser«. Von da an ist sein Lauf ungebremst: Es folgten Produktionen wie »Die Fledermaus« von Strauß (1984) und »Die Meistersinger von Nürnberg« (1993). Ab 1986 setzte er außerdem zum ersten Mal seit 1965 Wagners kompletten »Ring« an der Met in Szene. Otto Schenk bespielte die führenden Opernhäuser und Theater der Welt, unter anderem auch die Mailänder Scala und die Covent Garden Opera in London. Nach rund 120 Inszenierungen zog sich Schenk von der Opernregie ganz zurück.

Als Schauspieler feierte Schenk nach seiner Kellertheater-Zeit Erfolge als Wladimir in Becketts »Warten auf Godot« (1962), als Thisbe in Shakespeares »Sommernachtstraum« bei den Salzburger Festspielen (1966), als »Bockerer« in Ulrich Bechers und Peter Preses' gleichnamigem Stück (1984 im Münchner Volkstheater bzw. 1993 in der Josefstadt) sowie als Nat in Herb Gardners »Ich bin nicht Rappaport« (1988, Josefstadt). Weiters spielte er an der Josefstadt unter anderem den Salieri in Shaffers »Amadeus« (1991), die Titelrolle in Molières »Der Geizige« sowie im Ein-Personen-Stück »Die Sternstunde des Josef Bieder« (1993). Bei den Salzburger Festspielen war Schenk außerdem als Wurzel in Jürgen Flimms Raimund-Inszenierung »Der Bauer als Millionär« (1987) sowie als Schnoferl in Nestroys »Das Mädel aus der Vorstadt« (1989), als Berühmter Mann in Hofmannsthals »Der Schwierige« (1991) sowie als Rappelkopf in Raimunds

»Der Alpenkönig und der Menschenfeind« (1996) zu sehen.

Zwischen 1986 und 1988 fungierte er bei den Festspielen außerdem als Direktoriums-Mitglied. Von 1988 bis 1997 war Otto Schenk hochdekorierter Intendant des Wiener Theaters in der Josefstadt.

Zu den jüngsten Theaterarbeiten Otto Schenks zählen unter anderem die Uraufführung des Turrini-Stückes »Liebe in Madagaskar«, in der er die Rolle des Josef Ritter spielte, die Nestroyposse »Höllenangst«, in der Schenk den Flickschuster Pfriem verkörperte, das Kammerspiel »Sonny Boys«, Peter Turrinis Inszenierung seines eigenen Stückes »Josef und Maria« oder die jüngste Inszenierung der Karl-Kraus-Tragödie »Die letzten Tage der Menschheit« im Südbahnhotel am Semmering. Regie führte Otto Schenk zuletzt bei Carl Zuckmayers »Des Teufels General«, bei Ödon

von Horváths »Glaube, Liebe, Hoffnung«, beides im Theater in der Josefstadt. Weiters inszenierte der Allround-Künstler das Schnitzler-Stück »Liebelei« im Rahmen der Sommerfestspiele Reichenau sowie Hugo von Hofmanthals »Schwierigen« in der Josefstadt.

Otto Schenk hat die österreichische Schauspielszene als Schauspieler, Kabarettist und Regisseur stark geprägt und zählt zu den größten Komikern des Landes. Neben seinem umfangreichen Theater- und Opernengagement war und ist Otto Schenk auch als Filmschauspieler und -regisseur sehr aktiv: Zu seinen bekanntesten Arbeiten zählen zahlreiche Komödien wie »Mein Opa ist der Beste«, »Opa und die 13 Stühle«, »Ein Schutzengel auf Reisen«, »Ein Herz wird wieder jung« oder »Tafelspitz«.

Mit seinen Leseabenden wie »Sachen zum Lachen«, »Alles Mögliche zum Lachen« oder »Humor ist…«

sorgt Otto Schenk im gesamten deutschen Sprachraum immer wieder für gute Unterhaltung. Die umjubelten Lesungen gelten bei Publikum und Kritikern als wahre Kostbarkeiten des Humors und zeugen von der Brillanz seiner schauspielerischen Interpretation.

Anläßlich seines 70. Geburtstages schrieb die Presse: »Hinter Otto Schenks Genie des Gewöhnlichen und kindlich-naiver Lustigkeit lauert ein dunkler Abgrund, den er, wie alle großen Komiker, stets unterschwellig verspüren lässt.«

Auszeichnungen

Zu seinen Auszeichnungen zählen unter anderem:
Johann-Nestroy-Ring (1991)
Bayerischer Filmpreis (1993)
Großes Goldenes Ehrenzeichen für Verdienste um die Republik (1994)

Karl-Valentin-Orden (1995)

Ehrenring der Stadt Wien (1997)

Rollen am Theater in der Josefstadt und den Kammerspielen

1954 Paul d'Argenson in »Sabrina«

Dr. Bird in »Meuterei auf der Caine«

Smilzo in »Don Camillo und Peppone«

1955 Cristobal in »Mariana Pineda«

Woditschka in »Die Abenteuer des braven Soldaten Schwejk«

John in »Die liebe Familie«

1956 Ernest Poivrier in »Politik und Liebe«

1957 Hansueli Schifferli in »Man ist nur zweimal jung«

1958 Plutzerkern in »Der Talisman«

Ein Tourist der Gestapo in »Jacobowsky und der Oberst«

Reithofer in »Ich bin kein Casanova«

Alfred in »Glückliche Zeiten«

1959 Fremdenführer in »Panoptikum«

Thomas Diafoirus in »Der eingebildete Kranke«

Der Doktor in »General Quijote oder der verliebte Reaktionär«

Flossinger in »Der Bund fürs Leben«

Ferdinand Mayherr in »Rabenmutter«

Holzapfel in »Viel Lärm um Nichts«

1960 Ein Muttermörder in »Der Schulfreund«

Hans in »Die Nashörner«

Smirnow/Lomow in »Der Bär/Der Heiratsantrag«

Wenzel Cadera in »Alphabet in der Ewigkeit«

Oskar Ströbel in »Moral«

Der Polizeiwachtmeister in »Die Polizei«

1961 Otto Ingrisch in »Tohuwabohu«

James in »Er soll dein Herr sein«

Max Stehberger in »Mit besten Empfehlungen«

1962 Wladimir in »Warten auf Godot«

Joseph in »Die Zeit der Kirschen«

Probstein in »Wie es euch gefällt«

1969 Albert/Bumml in »Herzliches Beileid/ Zeitvertreib«

1974 Theodor in »Der Unbestechliche«

1978 Direktor in »Sechs Personen suchen einen Autor«

1980 August August, August in »August August, August«

1988 diverse in »Alles Walzer«

1989 Nat in »Ich bin nicht Rapapport«

Volpone in »Volpone«

1990 Anton Muffl/Mr. Pringle in »Frühere Verhältnisse/Wirklich schade um Fred«

Tito Merelli in »Othello darf nicht platzen«

1991 Schnoferl in »Das Mädel aus der Vorstadt«

Antonio Salieri in »Amadeus«

1993 Josef Bieder in »Die Sternstunde des Josef Bieder«

Karl Bockerer in »Der Bockerer«

1994 Zauberkönig in »Geschichten aus dem Wiener Wald»

Der Mann in »Grillparzer im Pornoladen«

1995 Siegfried Potasch in »Potasch und Perlmutter«

Knieriem in »Der böse Geist Lumpacivagabundus«

1996 Diverse in »Ein öffentlicher Ankläger«

Harpagon in »Der Geizige«

1997 Diverse in »Unterm Hammer«

Jacobowsky in »Jacobowsky und der Oberst«

Pfrim in »Höllenangst«

1999 Willie Clark in »Sonny Boys«

Josef Pribil in »Josef und Maria«

2000 Der Großvater in »Der verkaufte Großvater«

2001 Niklaus Zettel in »Ein Sommernachtstraum«

Peter Dickkopf in »Heimliches Geld, heimliche Liebe«

2003 Davies in »Der Hausmeister«

Siggi Grünebaum in »Kanari«

2004 Argan in »Der Eingebildete Kranke«

Regie am Theater in der Josefstadt und den Kammerspielen

1955 »Umsonst« von Johann Nestroy
»Unentschuldigte Stunde« von Adorjan Stella, Stefan Bekeffi
1957 »Der Hofrat Geiger« von Martin Costa
1958 »Kennen Sie die Milchstraße« von Karl Wittlinger
1959 »Charleys Tante« von Brandon Thomas
1960 »O Wildnis« von Eugene O'Neill
1961 »Der Wald« von Alexander Nikolajewitsch Ostrowskij
»Scapin« von Molière
1962 »Frühere Verhältnisse« von Johann Nestroy
1963 »Leocadia« von Jean Anouilh
1964 »Kasimir und Kaoline« von Ödön von Horváth
1981 »Reigen« von Arthur Schnitzler
1987 »Professor Bernhardi« von Arthur Schnitzler

1988 »Fast ein Poet« von Eugene O'Neill

1989 »Reigen« von Arthur Schnitzler

1990 »Anatol« von Arthur Schnitzler

1991 »Die von nebenan« von Tom Griffin

1992 »Der widerspenstigen Zähmung« von William Shakespeare

1993 »Die Möwe« von Anton Tschechow

»Die lustigen Nibelungen« von Rideamus

1994 »Das weite Land« von Arthur Schnitzler

»Das Lächeln des Barrakuda« von Esther Vilar

1995 »Der Unbestechliche« von Hugo von Hofmannsthal

»Komtesse Mizzi/Literatur« von Arthur Schnitzler

1997 »Armut« von Anton Wildgans

1998 »Glaube, Liebe, Hoffnung« von Ödön von Horváth

»Des Teufels General« von Carl Zuckmayer

2000 »Der Schwierige« von Hugo von Hofmannsthal

WESTERN IMPORT Co Ltd

Über Helmuth Lohner

Helmuth Lohner debütierte am Stadttheater Baden bei Wien; als Operettenbuffo wurde er anschließend an das Stadttheater Klagenfurt engagiert. 1953 bis 1963 spielte er am Theater in der Josefstadt. Es folgten Engagements am Berliner Kurfürstendamm und am Münchener Residenztheater. Weitere Stationen seiner Laufbahn waren das Thalia Theater in Hamburg, 1963 bis 1967 das Deutsche Schauspielhaus unter Oscar Fritz Schuh, die Schauspielhäuser in Düsseldorf und Zürich und immer wieder das Wiener Burgtheater und die Salzburger Festspiele.

Von 1997 bis 2003 war Helmuth Lohner Direktor des Theaters in der Josefstadt, dessen künstlerische Leitung er erneut ab Herbst 2004 interimistisch übernehmen wird.

Lohner gilt als überaus wandlungsfähiger, disziplinierter und hochsensibler Darsteller von hoher

Sprechkultur, dessen Repertoire von Shakespeare bis Schnitzler reicht. Er überzeugte als Hamlet, König Richard III., als Mephisto wie auch in Kafkas „Schloß" und als Richard in Pinters „Liebhaber". Darüber hinaus ist er als der ideale Nestroy-, Schnitzler- und Horváth-Interpret geschätzt. Über seinen Alfred in Horváths „Geschichten aus dem Wiener Wald" schrieb Friedrich Torberg 1967: »Man wird die Darsteller solcher zwielichtiger Horváth-Helden in Hinkunft an Helmuth Lohner messen.«

Dem breiten Publikum wurde Helmuth Lohner zunächst als Filmschauspieler bekannt. In den 50er und 60er Jahren spielte er in vielen kommerziellen Unterhaltungsfilmen. »Ich habe damals meinen Beruf geschwänzt und viel Theater versäumt«, meinte Lohner 1990 in der ZEIT. An ein Ensemble wollte er sich nicht mehr binden; die Angst, zum »Einrichtungsgegenstand« zu werden, ließ ihn ständig

zwischen München, Wien, Bonn, Berlin, Zürich und Salzburg pendeln, wo er bei den Festspielen 1990 zum ersten Mal den »Jedermann« spielte und damit großen Erfolg feierte. Vielgelobt war auch 1991 in Hamburg sein Archie Rice in Osbornes »Entertainer« in der Inszenierung von Jürgen Flimm. Immer wieder gestaltete Lohner auch Soloprogramme mit Rezitationen und Couplets.

Rollen am Theater in der Josefstadt und den Kammerspielen

1953 Jean Pierre in »Südfrüchte«
Glasjung in »Das Nachfolge Christi-Spiel«
Arthur in »Das Schloss«
Dollner in »Johanna aus Lothringen«

1954 Nicholas Devize in »Die Dame ist nichts fürs Feuer«
1. Logenschließer in »Manon«
Martin in »Der erste Frühlingstag«
Mr. Seiko in »Das kleine Teehaus«

Olivier Laprade in »Glückliche Tage«

Leon in »Weh dem, der lügt«

Masham in »Das Glas Wasser«

Lt. Willis Seward Keith in »Meuterei auf der Caine«

Mariolino Giro in »Don Camillo und Peppone«

1955 Fernando in »Mariana Pineda«

1956 Der Graf in »Die Schule der Väter«

Gottfried in »Armut«

Armand Duval in »Die Kameliendame«

1957 Alexej Nikolajewitsch Bjeljaew in »Ein Monat auf dem Lande«

1958 Eugen Gant in »Schau heimwärts, Engel«

1961 Tony Burgess in »Die Spur der Leidenschaft«

Lelio in »Der Lügner«

1963 Der Prinz in »Leocadia«

1981 Dichter in »Reigen«

1991 Jedermann in »Ein Jedermann«

1992 Tartuffe in »Der Tartuffe«

1993 Boris Alexejewitsch Trigorin in »Die Möwe«
Leo in »Pension Schöller«
Elwood P. Dowd in »Mein Freund Harvey«

1994 Friedrich Hofreiter in »Das weite Land«

1995 Theodor in »Der Unbestechliche«
Cooper in »Schon wieder Sonntag«

1996 Nebel in »Liebesgeschichten und Heiratssachen«

1997 Szabuniewicz in »Jacobowsky und der Oberst«
Captain Shotover in »Haus Herzenstod«
Jesus Costazuela in »Ein ungleiches Paar«

1998 Willy Loman in »Tod eines Handlungsreisenden«
Graf Almaviva in »Figaro läßt sich scheiden«

1999 Al Lewis in »Sonny Boys«

2000 Willibald in »Die schlimmen Buben in der Schule«
Hans Karl Bühl in »Der Schwierige«
Otto Marvuglia in »Der große Zauber«
Robert in »Der Schein trügt«

Schlicht in »Mein Freund«

2001 Franz Flaut in »Ein Sommernachtstraum«

Niklaus Zettel in »Ein Sommernachtstraum«

2002 Ed in »Seid nett zu Mr. Sloane«

Alceste in »Der Menschenfeind«

Regie am Theater in der Josefstadt und den Kammerspielen

1995 »Der böse Geist Lumpacivagabundus« von Johann Nestroy

»Die Dame vom Maxim« von Georges Feydeau

1997 »Jacobowsky und der Oberst« von Franz Werfel

»Höllenangst« von Johann Nestroy

Film- und Fernsehrollen u.a.:

1955 »Hotel Adlon«

1958 »Das Wirtshaus im Spessart«

1959 »Die schöne Lügnerin«

»Frau Warrens Gewerbe«

1961 »Das letzte Kapitel«

»Im 6. Stock«

1968 »Hannibal Brooks«

»Das letzte Kapitel«

1976 »Hier bin ich, mein Vater«

(Derrick)

1981 »Der lebende Leichnam«

(nach Tolstoi)

1983 »Shalom Pharao«

1984 »Ein liebes Paar«

1985 »Seinerzeit«

»Flucht ohne Ende«

»Tarabas«

1986 »Die Geschichte einer Vielgeliebten«

1987 »Der elegante Hund«

(ARD-Serie)

Fernsehregie:

1995 »Mein Opa ist der Beste«

1997 »Mein Opa und die 13 Stühle«

(beides mit Otto Schenk)

Quellenverzeichnis

Elefantenkauf (Seite 11) – Hugo Wiener
© Thomas Sessler Verlag

Herr Powondra (Seite 27) – Hugo Wiener
Aus: Hugo Wiener, »Beste Satiren. Zebras sind keine Elefanten«
© Amalthea, Wien/München 1982

Mein Nachbar in Grinzing (Seite 39) – Anton Kuh
© Thomas Sessler Verlag

Das Bittgesuch (Seite 47) – Julius von Kövary/Paul Gordon
© Thomas Sessler Verlag

Die Fahrstunde (Seite 69) – Willy Pribil
© Österreichischer Bühnenverlag Kaiser & Co GesmbH

Der größte Feind der Menschheit (Seite 87) – Stefan Lukschy/Otto Schenk

Der Transport (Seite 95) – Ernst Hagen
© Thomas Sessler Verlag

Auf den Flügeln des Gesanges (Seite 105) – Paul Kiralyhegyi/Georg Kövary
© Thomas Sessler Verlag

Der Dank (Seite 121) – Franz Hohler
© Franz Hohler, Kabarettist und Schriftsteller, Zürich

Gespielte Witze (Seite 131) – Otto Schenk

Fotos

Umschlag und Seiten 10, 26, 38, 45, 46, 68, 85, 86, 94, 104, 119, 120, 129, 130, 135, 136, 156 © Moritz Schell

Mit freundlicher Genehmigung des Theaters in der Josefstadt:

Seite 140 aus »Viel Lärm um Nichts«, 1959, © Ernst Hausknost

Seite 143 aus »Rabenmutter«, 1959, © Ernst Hausknost

Seite 146 aus »Rabenmutter«, 1959, © Ernst Hausknost

Seite 149 aus »Der eingebildete Kranke «, 1959, © Ernst Hausknost

Seite 152 aus »Der Geizige«, 1996, © Margit Münster

Seite 155 aus »Sonny Boys«, 1999, © Margit Münster

Seite 160 aus »Weh dem, der lügt«, 1954, © Michael Kössler

Seite 163 aus »Meuterei auf der Caine«, 1954, © Archiv des Theaters in der Josefstadt

Seite 166 aus »Der Unbestechliche«, 1995, © Margit Münster

Seite 169 aus »Das weite Land«, 1994, © Margit Münster